AF728084

10132

DÉPOT LÉGAL
Seine
N° 2.
1857

L'ARC-EN-CIEL

PAR

Mlle JUSTINE THUILLIER

Prix de la livraison: 20 centimes.

3e Livraison.

PARIS
CHEZ Mlle LOCARD, ÉDITEUR
16, RUE DAUPHINE, 16

1857

L'ARC-EN-CIEL formera un beau volume grand in-8° jésus, publié en 20 livraisons de 24 pages, à 20 centimes la livraison. Il en paraîtra une par semaine.

Paris. — Typ. Morris et Comp., rue Amelot, 64.

L'ARC-EN-CIEL

PAR

Mme JUSTINE THUILLIER

BIBLIOTHÈQUE IMPÉRIALE
IMPR.

PARIS
IMPRIMERIE MORRIS ET COMPAGNIE
64, RUE AMELOT, 64

1857

Paris.—Imprimerie Morris et Comp., rue Amelot, 64.

(C.)

Messieurs,

En vous offrant les quelques vers que j'ai eu l'honneur d'adresser à l'Empereur, le 16 mars 1856, à l'occasion de la naissance de son Altesse le Prince Impérial, j'ai la pensée et le désir de vous être agréable; espérant toutefois que votre jugement, en cette circonstance, ne sera pas plus sévère pour moi que ne l'a été celui de notre gracieux souverain, qui a bien voulu m'honorer d'une lettre de remerciements en date du 21 du même mois, ainsi que S. M. l'Impératrice à l'occasion de *la Fauvette d'Espagne*, allégorie ci-incluse aussi, que je lui ai dédiée au nouvel an.

HOMMAGE AU JEUNE ROI D'ALGER

LES

CENT UN COUPS DE CANON

O ! généreux et célèbre canon !
Tes cent un coups ont fait explosion !
Et leur blanche fumée, en montant jusqu'aux nues,
A rassemblé partout le peuple dans les rues.
Des milliers de voix proclament le bonheur
Qu'éprouve en ce moment notre noble Empereur !
« Un fils vient de lui naître » a dit l'airain sonore,
Et d'un long cri d'amour l'air retentit encore.
De l'électricité l'admirable secours
Va porter la nouvelle aux étrangères cours ;
Et bientôt rapportant leurs félicitations,
Elle nous apprendra l'amour des nations.
Réjouis-toi donc ! ô France ! ô ma patrie !
Comme toujours le Seigneur t'a choisie
En te dotant d'un fils si désiré,
Qui sera le portrait de son père adoré,
Étoile de salut fixée à l'horizon
Qui pour jamais ornera ton blason.
Répétons tous en chœur « Vive le roi d'Alger ! »
Pour lui nos vœux jamais ne sauront changer,
Et pour sa mère, bénissons la Providence
D'une aussi belle délivrance !

ALLÉGORIE

DÉDIÉE A S. M. L'IMPÉRATRICE DES FRANÇAIS

LA

FAUVETTE D'ESPAGNE

Parmi les mille fauvettes que créa un beau ciel, l'une d'elles par sa grande beauté les surpassa toutes ; la forme élancée de son corps et la puissance de ses ailes lui permettaient de planer jusque sous les rayons du soleil ; pour la punir de sa témérité, il voulut brunir son plumage, mais aussitôt la déesse des fées la protégea et sur la tête lui posa une aigrette ; avec ce talisman, elle voyageait du ciel à la terre avec la rapidité de l'éclair.

J'avais remarqué que chaque fois qu'elle descendait du ciel, elle se dirigeait vers un admirable parterre, puis elle venait toujours se reposer sur un bel arbrisseau dont la magnifique tige dominait toutes les autres; sa fleur, qui était d'un rose vif, ressemblait à l'éclat du soleil, ses feuilles mêmes semblaient dire : « *Avec moi l'on fait les couronnes des rois.* » C'était un laurier-rose.

Moi, qui connais le langage des oiseaux et des fleurs, je demandai à la fauvette pourquoi elle donnait la préférence à cet arbuste, elle me répondit :

Il est écrit dans ma destinée que je serai la compagne de ce beau laurier, lequel me couronnera de sa fleur, en devenant l'épouse d'un grand empereur.

VERSAILLES

O Versailles ! O mon amour !
A toi je pense nuit et jour.
Du petit-fils de saint Louis
Tu es les rêves accomplis ;
Ta grandeur et ta beauté
Rappellent le prestige passé.
Tu renfermes les merveilles
Qui te proclament sans pareille,
Tu es la gloire de notre pays,
Tu surpasses Londres et Paris :
Ton musée, tes bosquets,
Tes eaux, tes mille bouquets,
Tes orangers, tes prairies,
Tes allées toutes fleuries,
Font de toi un séjour enchanteur,
Dont l'Italie n'a pas la splendeur.
Oui ! ta sublime célébrité
T'a pour toujours immortalisé.

LES SŒURS DE CHARITÉ

O ! vous mes saintes et célestes sœurs, je vous bénis et vous révère ; le calme est toujours en votre âme, la douce sérénité dans vos yeux, la bonté dans votre cœur. Selon vous, toutes les créatures ont droit à vos bienfaits, religions ou opinions vous sont indifférentes, votre devoir seul vous guide, vous n'avez que de nobles sentiments.

Vous nous consolez lorsque nous sommes affligés ; de nos soldats vous pansez les plaies, près d'eux vous remplacez, en un mot, celles que la Providence avait nommées leur bon ange.

Pour tant de grandeur et de dévouement, nous devrions déposer à vos pieds les milliers de couronnes que le Ciel nous prodigue par ses fleurs de tous les printemps.

JULIA

OU

LA FEMME-MÉDECIN

CHAPITRE PREMIER.

Pour celui qui connaît Paris, le jardin du Luxembourg, est un vaste champ de mille beautés diverses. Au centre est un grand bassin encadré de jolis parterres bordés de lilas ; ils font face au Palais et à la grande avenue qui conduit à la barrière d'Enfer, puis à l'Observatoire, magnifique édifice des astronomes. De chaque côté de cette belle avenue, sont d'immenses jardins potagers et fruitiers, dans lesquels on peut aller se promener. La rue d'Enfer est située à la gauche de ces jardins, une grille est au bas, elle y conduit.

Lorsque l'on entre dans le jardin du Luxembourg de ce côté, on trouve une jolie promenade toute boisée, des bancs sur lesquels l'on peut se reposer sont placés de distance en distance ; en face de cette petite promenade, c'est-à-dire de l'autre côté du bassin, sont ces beaux carrés de roses si renommés pendant le mois de mai.

Beaucoup de dames viennent respirer le doux parfum de ces belles fleurs tant citées ; particulièrement le matin, dans leur simple toilette du lever, c'est là que l'on remarquait, un des derniers printemps, une belle jeune fille, se promenant tous les matins, de 9 à 11 heures ; elle était appuyée sur le bras d'un homme aux cheveux blancs, il était de moyenne taille et vêtu de noir ; malgré son âge il paraissait encore fort, souple, sa démarche annonçait une certaine dignité et révélait en lui l'ancien militaire.

La jeune fille avait une taille de Vénus, svelte et élancée, sa toilette était invariable, une robe de mousseline blanche, dont trois grands plis ornaient le bas, une ceinture de couleur pensée coupait sa belle taille en laissant tomber ses longs bouts qui se perdaient dans les plis de sa robe ; un léger mantelet aussi de mousseline, orné d'un simple feston, flottait mollement sur ses épaules ; un chapeau de paille de riz, orné d'un bouquet de pensées, était placé sur le côté gauche, un ruban de la même nuance que sa ceinture entourait sa tige ; l'extrémité de ce nœud flottait au gré de la brise, un flot de cheveux blonds dorés tombaient en boucles de chaque côté de son joli visage au teint de rose ; son éclat égalait celui du parterre qu'elle admirait avec ses beaux yeux bleus.

L'œil le plus exercé n'aurait pas donné plus de seize ans à cette jeune fille pour sa fraîcheur et sa beauté remarquables ; cependant elle avait plus que cela, car mademoiselle Irma, c'était son nom, avait dix-neuf ans accomplis. Elle paraissait étrangère à la société qui se promenait en famille dans ces belles allées fleuries ; elle causait familièrement avec ce monsieur à qui elle donnait le bras. Plusieurs personnes croyaient que c'était son père, il n'en était rien, car elle l'appelait simplement mon bon Lambert ou mon ami. Il paraissait, du reste, plein de déférence pour elle ; sa figure, qui offrait encore des traits réguliers, souriait finement lorsque la jeune fille paraissait heureuse de trouver une rose plus belle que l'autre ; mais quand un œil trop scrutateur venait la fixer, elle éprouvait un malaise, qui la faisait se resserrer involontairement contre son protecteur ; celui-ci jetait aussitôt un regard inquiet autour de lui, son maintien et ses yeux étaient menaçants pour ceux qui étaient indiscrets.

Un des derniers jours de ce beau mois de mai, au moment où toutes ces belles roses jettent leur parure à leur pied pour s'en faire un parterre, Irma regardait d'un air rêveur et triste le dépouillement que vingt-quatre heures avaient produit sur ces belles fleurs, elle dit à son compagnon : Sais-tu, mon bon Lambert, à quoi je pense en ce moment? — Non, répondit-il, si mademoiselle veut bien me le dire, je serai fier d'avoir sa confiance. — Eh bien, je songe que pour perdre ainsi sa beauté en si peu de temps, il vaudrait mieux n'en avoir jamais eu, cela ne laisserait pas de regrets. Je suis certaine que si ces beaux rosiers pouvaient parler, ils me diraient qu'ils ont du chagrin d'être si vilains après avoir été si beaux et si éclatants; dans huit jours, peut-être avant, personne ne s'arrêtera plus ici; moi, la première, je leur tournerai le dos. — Mademoiselle est peu charitable, répondit Lambert. — Au contraire, il me semble qu'en venant ici, c'est faire insulte à leur malheur et leur dire : ce n'était pas la peine d'attirer tous les regards à vous seuls, pour tomber dans un tel changement. Je t'avoue que cette pensée me rend triste, cela me fait réfléchir, car quelquefois l'on m'a dit que j'étais jolie; pardonne-moi de te dire cela, tu le sais, je ne suis pas vaniteuse ni éprise de moi. — Ah! mademoiselle, j'en suis convaincu; je sais aussi que vous êtes un ange de douceur et de bonté pour tous ceux qui vous entourent, particulièrement pour votre vieux serviteur, vous le traitez plus en père qu'en étranger. — Allons, vas-tu encore me gronder pour les petites fantaisies de mon cœur? Il n'est heureux que quand il croit faire le bien; ne parlons plus de cela, et laisse-moi t'aimer comme un père, puisque Dieu a pris le mien, et que tu as veillé sur mon enfance comme si j'avais été ta propre fille. Lambert ne répondit rien. Après un moment de silence, elle dit : — Ah! mon ami, combien je suis triste quand je pense à lui! ses traits sont restés gravés dans mes souvenirs, il me semble que s'il ressuscitait, je le reconnaîtrais; je me rappelle sa douce figure, son air de bonté; tiens, je crois que tu lui ressembles, c'est sans doute pour cela que je t'aime tant, et puisque je te fais mes petites confidences, je te dirai que j'éprouve de la peine lorsque je pense que madame la duchesse n'a pas conservé son portrait. Lambert tressaillit et dit : — Madame la duchesse, votre bonne et honorée mère, l'a conservé dans son cœur. Elle aimait tant son époux, qu'elle aurait trop souffert de voir son portrait à chaque heure du jour. — Irma reprit : Mais moi, j'en aurais été bien heureuse, car soir et matin j'aurais fait ma prière à ses pieds, et puisque nous sommes sur ce chapitre, dis-moi pourquoi lorsque j'adresse quelques questions sur lui à madame la duchesse, elle me répond : Quand tu te marieras, je te donnerai tous les détails que tu me demandes sur M. le duc.

Ah! mademoiselle, si vous êtes un ange, madame la duchesse est bien la plus sainte créature de ce monde, elle comprend que vous êtes trop jeune pour vous parler de choses aussi sérieuses. — Ah! c'est pour cela? dit Irma; eh bien, je vais désirer de me marier pour les connaître, car il me semble que ce doit être bien intéressant, puisque madame la duchesse en fait un mystère. — Lambert reprit : Il serait fâcheux que mademoiselle sacrifiât son avenir à un mari que peut-être elle n'aimerait pas, pour satisfaire sa curiosité. Croyez-moi, éloignez de votre esprit les sujets tristes et sérieux. Voici l'heure du déjeuner qui approche, il ne faut pas être en retard, vous le savez, madame la duchesse s'inquiète vite, il est temps de rentrer, faites vos adieux à ces pauvres rosiers, que vous avez décidé de ne plus revoir. A peine avait-il achevé cette dernière parole qu'il sentit Irma se rapprocher de lui, mais cette fois ce n'était plus cette brusque secousse qui l'avertissait d'un danger, mais un tressaillement, et elle sembla s'affaisser sur elle-même; sa voix était muette, son regard fixé à ses pieds. Lambert lève aussitôt la tête pour chercher la cause du trouble d'Irma, mais il fait lui-même un soubresaut, et reste comme frappé d'un coup de foudre; son regard venait de s'arrêter sur un beau jeune homme qui était immobile de l'autre côté du carré de roses; il semblait fasciné par la vue d'Irma, et dire : Qu'importent ces rosiers dépouillés, cette jeune fille peut remplacer mille carrés de roses?

Irma le comprenait dans son silence, car son cœur était ému et faisait refluer le sang à son front, ce qui la rendait encore plus belle. Lambert était en proie à une torture intérieure; cette ombre qui lui apparaissait dans ce beau jeune homme, l'avait bouleversé, et il regardait le ciel comme pour évoquer un souvenir, mais revenant aussitôt à lui-même, et se rappelant l'importance de sa mission, il serra vivement le bras d'Irma et l'entraîna hors de cette place sans dire un mot; la jeune fille se laissa conduire telle que le ferait un enfant; au moment de quitter la pelouse, Lambert se retourna plusieurs fois pour regarder le jeune homme qui lui avait produit tant d'effet; en arrivant à la grille de la rue de Vaugirard, il fit avancer une voiture magnifique attelée de deux chevaux aussi blancs que la robe d'Irma. Il mit plutôt la jeune fille dedans, qu'elle n'y monta elle-même, et s'assit près d'elle. Un domestique en livrée ferma la portière, les chevaux partirent au galop en se dirigeant vers la rue de l'Université, et s'arrêtèrent devant un bel hôtel; à leur approche la porte s'ouvrit et se referma après le passage de la voiture. Maintenant, revenons à notre jeune homme, resté seul au carré de roses; par son air dégagé et sa taille élégante, on lui aurait donné vingt à vingt-deux ans; mais sa belle figure au teint brun et sévère ainsi que sa moustache d'un noir d'ébène et ses beaux cheveux qui étaient de la même teinte et bouclés, lui donnaient dix ans de plus; il paraissait cloué à cette place où nous l'avons vu, il était évident qu'un combat intérieur se passait en lui, son regard était resté fixé du côté où les deux personnages qui avaient frappé sa vue étaient disparus. Il passait la main sur son front, comme pour interroger ses souvenirs. Il resta dans cette position de rêverie fort longtemps. Mais tout à coup, une vive rougeur empourpra ses joues, il saisit aussitôt sa montre, qui sans doute l'avertit qu'il était en retard; car de suite, il courut d'un trait vers l'allée de l'Observatoire, la franchit avec la rapidité d'un faon et disparut du jardin, en se dirigeant sur la droite, entra dans la rue Notre-Dame-des-Champs, près de la barrière, et vint frapper à une petite porte que précédait un jardin. Un domestique parut, cet homme était grand et robuste, son teint basané annonçait l'homme du Midi, ses traits étaient assez réguliers, mais on remarquait une large cicatrice sur la joue gauche, elle s'étendait jusque sur le milieu du front; ses lèvres qui étaient un peu fortes, en s'entr'ouvrant, laissaient voir des dents aussi blanches que neige, ses yeux noirs semblaient allumés par un feu oriental; on remarquait aussi sur ses mains d'autres cicatrices qui ressemblaient à des traces de brûlures. Son apparition produisit une vive impression sur le jeune homme, il le regarda fixement, un nuage obscurcit son beau front, il lui semblait l'avoir déjà vu quelque part, mais ses souvenirs peu fidèles ne lui rappelèrent pas sur le moment où ils s'étaient rencontrés; — sitôt que le domestique vit le jeune homme, il se décoiffa et lui remit un billet; celui-ci le prit d'une main tremblante, l'ouvrit de suite, lut son contenu et parut anéanti, mais se rappelant qu'il n'était pas seul, il ferma le papier, le mit dans son portefeuille, salua le domestique et disparut.

CHAPITRE II.

Maintenant revenons rue de l'Université, à l'hôtel où l'équipage dont nous venons de parler est entré. Pendant ce court trajet du Luxembourg à la rue de l'Université, pas un mot ne s'échangea entre Irma et Lambert. Elle rêvait et changeait de couleur à chaque instant. Lambert essuyait une larme en cachette. Lorsqu'ils descendirent de voiture, ils furent surpris de ne pas apercevoir la duchesse, qui avait l'habitude de venir sur le perron recevoir sa fille, et déposer un baiser sur le beau et chaste front d'Irma, puis serrer la main du vieux Lambert, et lui dire : Merci, mon ami. Ce changement inattendu vint mouiller les paupières d'Irma, deux grosses larmes coulèrent sur ses belles joues, un gros soupir s'échappa de la poitrine de Lambert; il prit avec respect la main de la jeune fille, et la conduisit vers le salon, où la duchesse avait l'habitude de se tenir. Mais à sa grande surprise, ainsi qu'à celle d'Irma, elle ne s'y trouvait pas. Une vive inquiétude s'empara d'eux et fit jeter un cri à la jeune fille. — Ah! mon Dieu, que peut-il être arrivé à ma bonne mère? serait-elle indisposée? Oui, je me rappele que lorsque je l'ai quittée hier soir, elle était triste et souffrante. Ah! combien je m'en veux d'être sortie ce matin sans avoir été demander des nouvelles de sa santé!

Mais ne m'accusé pas, mon bon Lambert, tu le sais, madame la duchesse n'aime pas que l'on pénètre chez elle sans son ordre; cependant je ne puis rester plus longtemps dans cette inquiétude, je cours chez elle. Cette révélation jeta un nouveau trouble sur l'esprit de Lambert et le fit trembler d'effroi; il retint Irma par le bras et lui dit : O mademoiselle! vous êtes capable de me donner la mort dans cette matinée, Puis aussitôt il agita une sonnette qui était sur la cheminée, un domestique parut : François, lui dit-il, donnez-nous des nouvelles de madame la duchesse, mademoiselle et moi, nous sommes inquiets de ne pas la voir, serait-elle indisposée? François salua Irma et Lambert, et dit : Madame la duchesse est sortie, peu de temps après mademoiselle. — Comment cela, à pied? dirent Irma et Lambert. — Non, répondit François, j'ai été mander une voiture de remise. — Probablement, dit Lambert, que madame la duchesse avait quelques achats de toilette à faire; vous le savez, mademoiselle, c'est l'heure qu'elle choisit ordinairement pour visiter les magasins, où elle n'aime pas vous conduire, vous connaissez sa sévérité sur ce point; elle est prudente, je ne puis que l'approuver, et vous la bénir pour... Il n'eut pas le temps d'achever sa phrase, car une voiture s'arrêtait à la porte de l'hôtel, et aussitôt on entendit résonner le timbre. Irma et Lambert s'élancèrent tous deux dans la cour, pour venir audevant de la duchesse qui, au même moment, franchissait le seuil de la porte cochère. La duchesse avait sa belle figure toute bouleversée, son teint, habituellement animé d'un doux coloris, était d'un blanc mat; sa sombre toilette, ainsi que son mantelet de velours noir, contribuait encore à faire ressortir la pâleur de ses traits. Il était évident qu'il se passait en elle une de ces tortures du cœur, si cruelles pour la femme, et qui se cachent comme un ver rongeur sous un pâle sourire. Mais, habituée à se contraindre, et à maîtriser ses impressions et ses angoisses, elle sourit avec bonté à Irma, qui vint lui offrir son beau front, et ne la quitta que quand elle eut payé le double de son tribut habituel, afin de la dédommager. — La duchesse avança aussitôt ses deux mains à Lambert, pour le récompenser aussi de l'avoir fait attendre, contre son habitude, le vieux serviteur les porta à ses lèvres, et dit : Dieu soit loué ! il ne vous est rien arrivé. — Ma fille ! mon ami ! je vous remercie de tant d'intérêt, je n'ai couru aucun danger ; je suis allée faire quelques achats de saison, voilà tout. Je regrette que vos chevaux aient été plus habiles que les miens, car j'étais désireuse de rentrer avant vous ; mais !... Elle s'arrêta et reprit : Oh ! combien j'ai de regrets de vous avoir ainsi inquiétés ! car je vois cette belle enfant toute défaite, et toi, mon vieil ami, tu me parais vieilli de dix ans.

Ce rude reproche fit tressaillir de nouveau le vieux Lambert ; il sourit tristement, et dit : Hélas ! madame, on le serait à moins. — Cette réponse à laquelle la duchesse ne s'attendait pas, la remua jusqu'au fond du cœur ; elle se rapprocha vivement du vieux Lambert et lui dit : Eh quoi ! mon ami, te serait-il arrivé quelque chose de mal, ou à Irma? De grâce ! explique-toi ? ne vois-tu pas que tu me mets la mort dans l'âme? — Lambert reprit : Non, non, madame, s'il plaît à Dieu, il n'est rien arrivé à mademoiselle, sans cela je ne serais pas ici ; mais...

— Mais ! reprit la duchesse, ce mot mais, m'effraye, il me semble qu'il est le signal d'un malheur, ce mot me brise, et m'enlève ma raison, il est le prélude d'une mauvaise nouvelle. Parle vite ! que m'apporte-t-il? En parlant ainsi, elle avait gagné le salon où nous avons vu Irma et Lambert un instant avant. Sitôt qu'elle y fut entrée, elle s'assit sur une bergère, ses jambes paraissaient se dérober sous elle. Lambert, revenu à lui-même par ce petit parcours, et voyant la duchesse aussi effrayée, reprit sa présence d'esprit, et dit : Ah ! pardonnez-moi, madame, je m'en veux d'être aussi peu raisonnable, et de vous causer tant d'inquiétude pour un mot mal dit que je jette au hasard, sans réfléchir aux conséquences de sa suite. Soyez indulgente pour votre vieux serviteur, il n'a pas votre pénétration ; c'est un vieux soldat, fort sot, M. le duc le savait, il ne s'en fâchait pas ; il avait toujours un coin de bonté pour celui qu'il appelait son chien de garde. Vous le savez, madame, je suis aussi le vôtre et le serai jusqu'à ma dernière heure; je mourrais plutôt que d'y manquer, je l'ai juré au lit de mort de M. le duc, et le vieux soldat peut être maladroit et gauche, tout cela passe; mais quant à sa parole, il meurt plutôt que d'y manquer. Il allait continuer; — la duchesse en eut pitié, et lui ouvrit ses bras : Voilà ton pardon, lui dit-elle, écoute mon cœur, il te dira le reste. En disant cela, la duchesse s'avança vers lui, et l'étreignit de toute sa force. Lambert fut confus de tant de bonté, il se dégagea doucement des bras de la duchesse et dit, en essuyant une larme : Ah! madame, vous me rendez bien heureux! après la peine que je viens de vous faire je ne méritais pas tant d'honneur; puis se retournant vers Irma, qui contemplait cette scène, les mains jointes, il lui dit : Vous le voyez, mademoiselle, je ne me suis pas trompé lorsque je vous ai dit, il y a une heure, que si vous étiez un ange, madame la duchesse était la plus sainte créature de ce monde, elle vient de le prouver. — Pour toute réponse, Irma se jeta dans les bras de la duchesse, et l'embrassa affectueusement, puis se retournant aussitôt vers Lambert, elle lui sauta au cou, tel qu'elle le faisait pendant son enfance. Cette fois le vieux serviteur se laissa embrasser par la jeune fille, sans chercher à se dégager, il dit : Ah! merci de tant de bonheur; je voudrais mourir ainsi!!! Se reprenant de suite, il dit : Mais plus tard; je craindrais trop de vous laisser, ainsi que madame la duchesse, sans mon appui; car s'il vous arrivait quelque chose de mal, je ne serais pas en repos dans ma tombe. La duchesse sourit avec bonté, et lui dit : Mon vieil ami, ton dévouement m'est connu depuis de longues années; je ne doute nullement de ton amitié pour nous, mais aujourd'hui, je t'aimerais doublement si tu faisais servir le déjeuner, j'ai grand'faim; Irma aussi doit avoir besoin, car elle est d'une pâleur qui m'effraye. — En effet tant d'émotions avaient brisé cette belle fleur! Sa tête se pencha doucement sur sa poitrine; Lambert, qui ne la perdait pas de vue, la reçut dans ses bras. La duchesse, effrayée, jette un cri, court à la cheminée, y saisit un flacon, l'ouvre, et vient en faire respirer la liqueur à Irma; la jeune fille ouvrit les yeux aussitôt, et s'efforçant de sourire, elle dit : Oh! ce n'est rien, je suis mieux; je crois que le besoin est la seule cause de cette indisposition.

La duchesse lui dit en lui offrant le bras : Méchante enfant, tu m'as fait peur! Viens donc vite déjeuner. Elles passèrent toutes deux dans la salle à manger. Lambert les suivit, tête baissée et rêveur. Lorsque nos trois convives furent entrés dans cette pièce, ils prirent place autour d'une table servie de mets recherchés; mais aucun d'eux ne parut s'en apercevoir. La duchesse brisa simplement un œuf, et but une légère tasse de thé; Irma prit un biscuit et un peu de lait; quant au vieux Lambert, aucun mets ne le tenta; ni pâté truffé, ni perdreaux rouges, qui fumaient devant lui, n'éveillèrent son appétit; il se contenta d'un fruit, une simple poire de Saint-Germain, prit un demi-verre de bordeaux, et passa au jardin pour y faire sa promenade habituelle. Ce repas, toujours si animé par les mille petits propos d'Irma et sa gaieté naturelle, s'était passé pour la première fois dans un morne silence; la duchesse était elle-même sombre et rêveuse, le vieux Lambert s'en était aperçu; ses yeux, qui étaient habitués à lire sur les traits de la duchesse, lui avaient dit : Il se passe quelque chose de triste chez celle que tu vénères tant. Mais le respect qu'il avait pour la duchesse étouffait en lui le sentiment de curiosité; pour tout au monde il ne se serait pas permis de l'interroger; il savait qu'un chagrin intérieur dévorait son cœur, il connaissait la profondeur de cette plaie, qui, depuis près de dix-huit ans, saignait toujours; il s'inclinait devant tant de malheurs, et respectait ces sombres nuages. La duchesse avait beaucoup aimé son mari, qu'elle avait perdu; mais ce n'était pas seulement la mort de son époux qui brisait sa belle âme; elle savait que la mort ne se rachète pas avec des larmes!!! Ici, elle s'était résignée à la volonté de Dieu; ainsi donc, ce n'était pas cette douloureuse perte qui lui torturait le cœur et la jetait parfois dans de sombres souvenirs en lui faisant verser d'abondantes larmes, et qui la faisait voyager presque continuellement en tout pays; mais un autre souffle, une autre respiration semblait l'appeler tantôt dans un pays, tantôt dans un autre, en laissant souvent passer des mois entiers sans donner signe de vie, à son vieux serviteur chargé de veiller seul sur cette belle enfant à qui nous avons donné le nom d'Irma. Depuis un an seulement, la duchesse avait cessé ses voyages et s'était fixée à Paris; depuis, elle paraissait plus calme, quoique très-rêveuse; Lambert avait vu ce changement avec joie; en secret il en bénissait Dieu; mais le sombre voile qui tout à coup parut l'envelopper de nouveau l'inquiéta, il tremblait de crainte que la duchesse ne se remît à voyager. Hélas! se disait-il à lui-même, ce qui se passe est le prélude qui annonçait toujours ses déterminations de voyage; cependant, lorsqu'elle s'est fixée à Paris, elle était bien décidée de ne plus le quitter. Que ferais-je maintenant, si elle me laissait seul avec mademoiselle? quand elle était plus jeune, elle était en pension; là, je pouvais dissimuler la vérité et toujours dire : Mme la duchesse est en Amérique pour un héritage; mais aujourd'hui, je ne puis plus dire cela, on lui a dit que tout était réglé de ce côté, puis elle aime beaucoup la duchesse? Ici, il s'arrête et dit : J'ai aussi grand'peur que les rosiers ne l'attirent malgré leur laideur! — Il continue et dit : J'ai peur qu'ils ne m'attirent aussi. Oui, ce jeune homme qui est venu là tout à coup m'a semblé être descendu du ciel, car j'ai cru voir M. le duc... quand il était à l'âge de trente ans. Je crains bien que mademoiselle n'ait remarqué mon trouble. Pour elle, je le crois, ce beau jeune homme a laissé un souvenir dans son cœur. Je ne me trompe pas. Oui! j'en suis sûr, elle l'aime. Ah! c'est comme cela que j'ai aimé Marie, oui, ma belle et douce Marie que j'ai tant aimée et que j'aimerai jusqu'à la mort!!! elle est restée à jamais gravée dans mon cœur! la première fois que je la vis, j'ai juré qu'elle serait ma femme; ma triste ou plutôt ma cruelle destinée me l'a ravie pour toujours! Ah! je lui suis resté fidèle, moi, aucune autre femme n'a pu chasser son image de mes souvenirs; aussi, j'ai cru en mourir quand j'ai su que... Il se tut et essuya une larme. Puis il reprit : — N'importe, je n'ai jamais pu l'accuser d'ingratitude. Non! elle m'aimait sincèrement, la fatalité seule nous a séparés ; aujourd'hui, ma seule consolation est de prier Dieu pour qu'elle soit aussi heureuse qu'elle l'eût été avec moi, et qu'il me mette près d'elle quand je serai mort!!! car nos deux cœurs avaient été unis par lui ; il est écrit que quand on n'est pas heureux en ce monde, on le sera dans l'autre! je n'ai plus d'espoir qu'en celui-là!!! — Il continua : Ah! quel affreux jour que celui où je la quittai pour entrer au service! elle avait alors dix-huit ans, elle était belle et frétillante dans sa simple parure. Il m'en souvient, sa bonne mère nous conduisit tous deux à l'église pour assister ensemble à une messe qui devait être celle de nos fiançailles : tous les regards étaient tournés vers nous, un murmure de voix était confondu pour se dire : Ah! qu'elle est belle! quel beau couple! quel dommage de les séparer!!! Ces mots, quoique dits à voix basse, avaient remué mon cœur, une sueur froide inonda mon visage, il me sembla que j'allais mourir, je ne voyais et n'entendais plus. Marie et sa mère s'aperçurent de mon état, elles me prirent par la main et me firent sortir de l'église. Ah! je l'ai dit depuis bien des fois, c'était un avertissement de mon malheur! j'en ai eu le pressentiment, et malgré les mille gentillesses que ma chère Marie me fit pour ranimer ma gaieté naturelle, elle ne put y parvenir; sa bonne mère crut le faire en m'offrant, par les mains de sa fille, cet anneau qu'elle reçut du père de ma chère Marie, le jour de son mariage. Ce gage d'amour de notre future union mit un peu de baume sur mon cœur; mais le sourire avait fui de mes lèvres pour toujours. — Ici il s'arrête, fixe cette bague qui lui rappelait tant de douloureux souvenirs, la porte à ses lèvres avec respect, en murmurant : Marie! Ah! malheureuse Marie, où es-tu? — Cet appel, qui fut fait d'une voix sourde, semblait sortir du fond d'une tombe. Il resta ainsi plongé dans sa douleur jusqu'au moment où la réalité du présent le fit revenir à lui-même; là, il regarda le ciel en cherchant à y lire le sort de celle qu'il aimait toujours! il fit un mouvement pour mettre sa main dans sa poitrine; mais il s'arrêta aussitôt, et dit : Elle n'y est plus!!! oui, ce portrait qui faisait mon bonheur, je le lui ai renvoyé quand j'ai su que.... —Ici il laisse tomber sa tête sur sa poitrine, puis tout à coup il se frappe le front et dit : Insensé que je suis! je cherche Marie au ciel, quand elle est à mes côtés; oui, c'est elle que Dieu m'a envoyée sous le nom d'Irma. C'est elle? car elle lui ressemble jusqu'à sa voix; c'est sa taille et sa beauté, sa douceur et sa bonté; oui, c'est une chose miraculeuse, lorsque je regarde Mlle Irma, je crois voir Marie. Eh quoi! cette enfant, qu'une sombre destinée a jeté loin des...—Il s'arrêta, regarda autour de lui d'un air inquiet, comme s'il craignait d'avoir été entendu et d'avoir commis une imprudence; mais rassuré de se voir toujours seul, il reprit : Oh! c'est pour cela que je l'aime tant! aussi, quand tantôt elle me sauta au cou pour m'embrasser, je ne m'en suis pas défendu, j'étais heureux! Je croyais que c'était Marie, et c'est pour cela que j'ai dit : Que je voudrais mourir ainsi!!! Oui, je tremble à la pensée qu'elle ne se marie; jusqu'ici, je n'y avais pas songé, habitué que je suis d'être près d'elle depuis si longtemps. Non! je crois que je ne pourrais pas la voir au bras d'un autre sans être malheureux! déjà, quand tantôt elle me dit qu'elle voudrait se marier pour voir le portrait de M. le duc, j'ai senti un frisson qui me courait par tout le corps et qui me glaçait le cœur! Ah! je crains bien que ce ne soit encore un pressentiment tel que celui que j'ai eu lorsque j'ai été pour perdre Marie! car ce fut justement au même moment que se fit l'apparition de ce beau jeune homme. Oh! je crois ne pas me tromper, elle l'aime déjà! Oui, sa défaillance, son silence et sa rougeur me disent suffisamment qu'il a éveillé en elle les sentiments d'amour, que jusqu'ici elle ignorait? Je suis certain qu'il résultera quelque chose de cette rencontre; mais ça sera ma mort. —Après un moment de silence, il dit : Ah! qu'importe, après tout, si elle est heureuse et qu'elle ait, ainsi que Mme la duchesse, un autre protecteur? je pourrai au moins mourir en paix! — Il en était là de ses réflexions lorsque tout à coup il entendit des pas précipités qui se rapprochaient de lui ; il comprit au frôlement de la soie que c'était la duchesse ; il ne se trompait pas, c'était elle ; elle l'atteignit aussitôt, et lui dit d'une voix mal déguisée : Eh bien, mon ami, êtes-vous remis de votre matinée ? Mais votre déjeuner ne doit pas passer, vous avez quitté la table avant que votre café ne soit servi ? — A ce reproche, Lambert parut tout interdit. C'était la première fois qu'il faisait un oubli de ce genre, et dit : Je prie madame la duchesse de me pardonner, j'ai craint qu'il ne me portât aujourd'hui sur les nerfs. — La duchesse sourit et lui dit : Allons, mon vieil ami, ne joue pas plus longtemps un faux rôle avec moi ; maintenant que nous sommes seuls, dis-moi quelle est la cause de ce qui se passe, car toi et Irma vous ne paraissez plus être de ce monde. Il faut qu'il soit arrivé quelque chose qui n'est pas ordinaire ? — Rien de plus simple, répondit Lambert : madame la duchesse sait combien sa santé nous est chère ; ne l'ayant pas aperçue selon son habitude sur le balcon, mademoiselle s'est rappelé qu'elle était souffrante hier soir ; elle a craint, ainsi que moi, qu'elle ne fût sérieusement malade ; de là vient l'inquiétude que nous avons eue ! Juste au moment où sa voiture s'arrêtait devant la porte, François nous informait de sa sortie. — La duchesse fronça légèrement le front, puis elle dit : — Ah ! je le vois, il est inutile de te questionner davantage, le mot de cette énigme viendra de lui-même. — Peiné de cette réponse, Lambert reprit : J'éprouve de la peine à la pensée que madame la duchesse doute de ce que je viens de lui dire, et qu'elle ait si peu de confiance en moi. — Tu te trompes, mon ami, ma confiance en toi est sans borne ; elle est au point que, si parfois tu ne me dis pas tout ce que je désirerais savoir, que c'est avec l'intention de m'éviter quelques nouveaux chagrins ? je ne puis donc que t'en savoir gré.

Au même instant, Irma parut à l'extrémité du jardin ; d'abord, après le déjeuner, elle s'était retirée chez elle, sans doute pour rêver sans témoin à celui qui avait porté tant de trouble dans son cœur, et éveillé en elle des sentiments qu'elle ne connaissait pas. Lambert avait deviné juste : elle l'aimait déjà sans le savoir; aussi le désir de peut-être le revoir la fit rejoindre sa mère pour savoir si elle la conduirait selon son habitude cet après-dîner au jardin du Luxembourg. La duchesse, la voyant venir d'un pas lent, lui dit, lorsqu'elle fut à la portée de sa voix : Viens donc plus vite, chère enfant, que je t'embrasse fort, pour te récompenser de t'avoir inquiétée au point d'être indisposée à la pensée que je pouvais l'être moi-même ! — Irma devint pourpre, et regarda Lambert; elle vint sans répondre embrasser sa mère. La duchesse était trop expérimentée pour ne pas s'apercevoir qu'il existait quelque chose qui concernait Irma; mais ne voulant pas prolonger plus longtemps les angoisses de Lambert, qu'elle aimait beaucoup, elle dit à Irma : Va te faire habiller, j'ai l'intention d'aller nous promener au bois de Boulogne.

La jeune fille regarda la duchesse, et lui dit, en l'embrassant : Oh! ma petite mère, êtes-vous donc fâchée contre moi, pour ne pas venir faire notre promenade habituelle au Luxembourg? La duchesse la fixa, et lui dit : Nous reviendrons de ce côté; maintenant, il est trop tôt.—A cette nouvelle, Irma retrouva toute sa gaieté, et dans sa joie, elle courut embrasser aussi le vieux Lambert, qui sembla s'éveiller comme d'un long sommeil. La conversation d'Irma avec la duchesse l'avait effrayée au point de l'anéantir. La duchesse, à qui rien n'avait échappé, se dit : Bien, c'est le Luxembourg qui est le théâtre du petit drame qui se passe en ce moment.—Lorsque Irma fut disparue, elle vint donner la main à Lambert en lui disant : A bientôt, mon ami, ne t'ennuie pas! nous ne serons pas longtemps absentes. — Lambert la salua sans répondre, en signe d'assentiment. Lorsque la duchesse sortait avec Irma, le vieux Lambert gardait la maison.

CHAPITRE III.

—

La duchesse se dirigea aussitôt vers un pavillon situé à l'entrée du jardin, et dont l'architecture élégante se perdait sous d'énormes acacias. Lorsque l'on entrait dans la cour de l'hôtel, ce pavillon se trouvait sur la gauche ; en face étaient des remises avec leurs écuries ; la cuisine était au-dessous. Il se trouvait aussi un étage, au-dessus des remises, composé de plusieurs chambres, pour le personnel de la maison. Le grand corps de bâtiment se trouvait en face de la porte cochère et formait l'encadrement de la cour ; c'est là que se trouvait la salle à manger et le salon dont nous avons parlé. Plus haut, un immense salon de réception, dont l'ameublement était magnifique, se trouvait sur la droite de ces deux pièces ;· l'appartement d'Irma était au-dessus, ainsi que celui de Lambert, qui était du côté du jardin ; il n'était séparé de la jeune fille que par une pièce servant de bibliothèque où les plus beaux ouvrages propres à l'éducation d'une jeune personne en faisaient l'ornement. Le pavillon vers lequel la duchesse se dirigeait était composé de deux pièces au rez-de-chaussée, et deux au premier étage ; la porte d'entrée était du côté de la cour en face des remises dont nous venons de parler. Pour y parvenir, il fallait monter les quelques marches de granit qui conduisaient au jardin, et longer un petit mur sur la gauche, orné d'un joli treillage, où les plus belles fleurs grimpantes étaient enlacées; une double rangée de pots magnifiques étaient placés par ordre, sur l'appui du mur qui se trouvait du côté du pavillon. L'on y remarquait les fleurs les plus rares, elles semblaient venir de tous les pays du monde, elles étaient si rapprochées les uns des autres, qu'avec celles du treillage, elles masquaient entièrement la jolie porte d'entrée du pavillon, qui était arrondie et toute sculptée. Deux énormes vases en marbre blanc, taillés de forme Médicis, étaient de chaque côté; ils étaient placés sur deux socles en bronze hauts de deux pieds. Deux admirables pieds de lilas d'Espagne étaient dans chacun d'eux, et laissaient mollement tomber leurs fines grappes en s'échappant de leur vase.

Lorsque l'on entrait dans le pavillon, il se trouvait à droite un petit salon meublé avec élégance, quoique d'une simplicité sévère; les meubles, des plus modernes, étaient en bois des îles, les tentures en velours grenat. Un piano à queue, de Pleyel, était placé entre les deux croisées de ce salon; deux rideaux de mousseline suisse brodée tombaient de chaque côté, et en rehaussaient la beauté; une admirable glace, des plus modernes, de style rocaille, placée dans un cadre orné d'une jolie guirlande en relief toute sculpté, était posée sur la cheminée de marbre blanc, de forme Pompadour, ainsi qu'une pendule en bronze doré représentant Raphaël; deux jolis vases en porcelaine du Japon, remplis de lis et de roses du Bengale, et dont les doux parfums transportaient l'âme, étaient de chaque côté de la pendule; quatre tableaux de prix, suspendus à la tapisserie, ornaient encore ce salon : l'un d'eux, représentait le terrible volcan; le deuxième, Venise; le troisième, Dublin, capitale de l'Irlande; et le quatrième, Édimbourg, capitale de l'Écosse. Un guéridon, recouvert d'un superbe tapis des Gobelins, placé au milieu de cette pièce, et dont les pieds se perdaient dans la moquette, en complétait l'ameublement. La deuxième pièce en face de celle-ci, et qui se trouvait à gauche de la porte d'entrée, était tendue de vert; à droite de cette pièce se trouvait une large croisée donnant sur le jardin ; devant était un grand bureau en bois de palissandre ; en face, une étagère remplie d'objets d'art et de curiosités ; au fond de cette pièce, c'est-à-dire en face de la porte d'entrée, on remarquait un grand meuble du même bois que le bureau et semblable à une armoire toute vitrée : c'était une bibliothèque. Ce meuble, qui venait aboutir à chaque extrémité de cette pièce, semblait avoir été fait exprès pour cet endroit ; il était encadré et fixé au mur de droite et de gauche ; il formait quatre compartiments et s'ouvrait par le milieu en se repliant sur les deux derniers compartiments ; sa profondeur avait près d'un mètre ; deux rideaux de laine verte, soutenus par de grands anneaux passés dans un bâton doré, étaient placés dans l'intérieur et tombaient de chaque côté de la bibliothèque, de manière à cacher deux portes qui fermaient les deux derniers compartiments ; le casier du milieu, divisé en deux parties et qui était visible, contenait les œuvres, de nos grands maîtres, tels que Virgile, Horace, la Fontaine, Racine, Boileau, Voltaire, Molière, J. J. Rousseau, Chateaubriand, et de Balzac ; Lamartine, le sublime poëte de notre siècle, y avait aussi sa place ; on remarquait encore le nom immortel de Shakspeare, ainsi que d'autres noms d'auteurs étrangers. Le compartiment de droite, masqué par le rideau et fermé par une porte, contenait aussi des livres ; mais ceux-ci étaient d'un caractère plus sérieux : c'étaient des œuvres en médecine, tous de noms étrangers. L'un d'eux était recouvert d'un fin drap noir ! Des armes étrangères étaient sur le dossier avec les initiales de J. B.... Quant au compartiment de gauche, aussi fermé par une porte et masqué par le rideau, il était vide dans l'intérieur ; seulement celui-ci cachait une porte pratiquée dans le mur. En se rendant compte de la description faite des lieux intérieurs et extérieurs de cet hôtel, on verra que la sortie de ce côté conduisait sous la porte cochère. Un panneau artistement arrangé, qui se croisait sur l'autre, en livrait le passage à la suite d'un petit couloir. C'était de ce côté que la duchesse sortait lorsqu'elle avait quelques excursions particulières à faire dont elle ne voulait pas rendre compte à Irma, ni au personnel de sa maison. Deux immenses rideaux de coutil à larges raies, qui étaient toujours fermés et placés vers le milieu de la voûte, cachaient la porte cochère, ce qui permettait à la duchesse de sortir sans être remarquée. Lambert seulement était au courant de tout; elle le prévenait de ses sorties en plaçant un vase de fleurs sur la croisée de sa chambre à coucher, qui était au premier étage du pavillon, située au-dessus du salon, dont nous venons de parler; par sa position, les croisées de cette chambre étaient en face de celles de Lambert, du moins en vue, attendu que celles de Lambert donnaient sur le jardin. Par une mesure de sûreté, à laquelle la duchesse s'était habituée pendant ses voyages lorsqu'elle sortait en secret, elle prenait des vêtements d'homme, qu'elle portait à merveille, le plus souvent tout de noir; ses cheveux étaient ensevelis sous un réseau en soie garnie de boucles en cheveux de la même nuance que les siens. Maintenant, jetons un coup d'œil rapide sur la chambre à coucher de la duchesse. Les meubles étaient en bois de citronnier garnis en velours de la même nuance; la tapisserie était tendue de la même étoffe; les rideaux des croisées et du lit étaient en moire antique, aussi de la même couleur. Ils étaient recouverts par d'autres rideaux de fine guipure irlandaise; les dossiers des fauteuils et du canapé étaient aussi recouverts de cette même dentelle, ce qui offrait à la vue une grande richesse. Un superbe crucifix était placé au fond du lit. Deux grandes glaces de Venise ornaient encore cette pièce; l'une était sur la cheminée qui était en face des croisées; elle faisait ressortir une pendule antique, qui paraissait étrangère à l'art français, ainsi que les deux candélabres de cristal taillé qui étaient de chaque côté; la seconde glace était posée sur une console entre les deux croisées. Une admirable corbeille composée des plus rares coquillages et formant une gerbe était placée sur le marbre de ce meuble; elle se mirait dans cette belle glace. Mille et un autre petits coquillages de toutes nuances et de toutes formes se groupaient encore autour d'elle, et confirmaient que celui ou celle qui les avait choisis était connaisseur et aimait les belles choses. Un large tableau de grandeur naturelle complétait l'ornement de cette chambre ; il était placé en face du lit de la duchesse ; nous ignorons le sujet qu'il représentait, étant recouvert par un rideau de mousseline de lin hermétiquement fermé par des ressorts. Au pied du lit de la duchesse, c'est-à-dire à gauche de la cheminée, il se trouvait une porte ; elle conduisait à la pièce voisine ; celle-ci était au-dessus de la bibliothèque, elle servait de boudoir à la duchesse. Une seule croisée était au-dessus de celle du bureau, elle donnait aussi sur le jardin ; en face il y avait une jolie table de toilette, dans le fond un grande armoire à glace. Cette pièce était tendue d'un bleu foncé ; une seconde porte de sortie donnant sur le vestibule près de l'escalier, c'était par cette porte que la femme de chambre venait préparer les toilettes de sortie de la duchesse, lorsqu'elle la sonnait. Entre cette porte et celle qui communiquait à la chambre de la duchesse était un petit escalier tournant, il conduisait à la bibliothèque. De cette manière la duchesse pouvait parcourir l'intérieur du pavillon sans sortir de chez elle, de même que l'on pouvait la croire chez elle quand elle était sortie. Une porte arrondie en forme de tambour fermait le haut de cet escalier ; elle avait le soin de la fermer chaque fois qu'elle y pénétrait ou qu'elle en sortait. Lambert faisait lui-même la toilette du bureau, cela après que .es deux pièces du haut étaient appropriées, et que la duchesse était remontée dans ses appartements.

Malgré les instances d'Irma et de Lambert, la duchesse avait refusé une femme de chambre pour elle; elle aimait être seule : celle d'Irma lui suffisait au besoin. C'était une personne de trente ans environ, d'une apparence simple, et d'une physionomie agréable : elle était remplie de déférence pour la duchesse, qui était avec elle d'une politesse extrême, et très-réservée. Victoire était son nom ; elle ne venait chez elle que lorsqu'elle la sonnait, soit pour lui disposer une toilette, ou pour envoyer un billet à Irma, car la jeune fille ne venait chez la duchesse que lorsqu'elle la demandait. Sitôt que la duchesse fut entrée chez elle, elle sonna la femme de chambre, qui vint de suite. — Victoire, lui dit-elle, veuillez, je vous prie, me disposer une toilette de sortie.

— Je prie madame la duchesse, répondit Victoire, de me dire celle qu'elle désire ? — N'importe, reprit-elle, pourvu qu'Irma ait la même ; je n'ai pas pensé de lui demander celle qu'elle allait mettre. — A peine la duchesse avait-elle achevé sa phrase, que l'on frappa deux petits coups à la porte; la duchesse pensa que c'était Lambert qui lui apportait quelques lettres d'Amérique d'Italie ou d'Irlande, attendu qu'elle en recevait souvent de ces pays ; elle ordonna à Victoire d'ouvrir ; mais quelle ne fut pas sa surprise en voyant que c'était Irma ! la jeune fille avait oublié la consigne pour se présenter plus tôt à la duchesse dans une toilette éclatante : une robe de barége rose à volants, une écharpe et un chapeau de la même couleur. En la voyant ainsi parée, la duchesse, ne put s'empêcher de sourire : Ma belle enfant, lui dit-elle, en te donnant cette toilette, je t'ai dit que c'était pour t'amuser seule dans ta chambre, attendu que tu étais trop grande pour le faire avec une poupée ; je ne t'ai passé cette fantaisie qu'à la condition que tu ne sortirais jamais ainsi ; moins encore avec moi. — Les joues de la jeune fille devinrent aussitôt plus vives que les couleurs de sa toilette, à la pensée que cette observation mortifiante venait de lui être faite en présence de la femme de chambre ; la duchesse s'aperçut de son trouble : Allons, lui dit-elle en venant l'embrasser, ne t'amuse pas plus longtemps à jouer le rôle d'enfant ; maintenant que tu es bonne à marier, sois raisonnable. Irma fut si interdite par ces paroles qui sortaient pour la première fois de la bouche de la duchesse, que ses belles couleurs firent place à une pâleur extrême ; la duchesse feignit ne pas s'en apercevoir, elle reprit : Puisque tu as été assez oublieuse pour ne pas me dire quelle toilette tu désirais mettre, je vais le faire pour toi. Victoire, sortez le n° 15, s'il vous plaît ! — A cet appel, la jeune fille retrouva la parole et dit : Oh ! ma bonne mère, vous m'accablez aujourd'hui ! La duchesse

www.ingramcontent.com/pod-product-compliance
Ingram Content Group UK Ltd.
Pitfield, Milton Keynes, MK11 3LW, UK
UKHW032023260826
14628UKWH00006B/2683

9 782014 449068